KB260954

아버지의 만보기

아버지의 만보기

시와소금 시인선 · 059

아버지의 만보기

최현순

시와소금

▲ 설악산 울산바위가 바라다 보이는 인흥저수지의 시비(詩碑) 옆에서

울산바위/ 병풍 둘러 아늑한 곳//

금강과 설악/ 이슬들 모여 고였네//

눈 감았다 뜨면/ 떠오르는 그리운 얼굴//

우리, 한 세월/ 머물다 또 떠나는 길//

멀리는/ 깊고도 푸른 동해바다//

— 최현순, 「송頌 인흥지仁興池」 전문

| 시인의 말 |

S 시인에게,
시가 편하게 읽힌 다는 말 고맙네
초심이자 권고라 알고 마음에 새기겠네

첫 시집을 내고도 습작 같은 시를
또 한 번 매듭 지어 본다
오래전 미발표 작 중 아쉬워서 몇 편 골랐고
두 편은 고쳐 싣는다
너무나 멀리 왔다
습인 채, 들뜬 채, 미숙한 채……

작년 봄에 나무를 심었다
목련, 라일락, 꽃그늘과 포도, 살구 등
유실수 몇 그루
푸른 이파리와 예쁜 꽃잎, 열매들은
이제 그들의 말이다
내 시가 그들이고 싶다

2017년 봄 소양강을 바라보며
최현순

제2부 사당동 일기

제 **1** 부

목백합꽃

곶감을 먹으며

도서관 뒤뜰에서 입 오물대며
간식으로 싸온 곶감을 먹다보니
첫째 놈은 씨 하나를 뱉었는데
두 번째 놈은 하나 둘 셋 세다보니
자그마치 일곱 개나 나왔네.
어라! 종족번식이 센 놈이로구나!
감탄을 하다 보니 경외감까지 들데요
나는 벤치에서 일어나 정원 한쪽 빈터에
마지막 곶감 씨를 뱉어 신발 뒤꿈치로 얼추 묻으며
혹 천년이 지난 어느 세월
동천冬天 시린 가지 끝 홀로 남은 홍등 까치밥 되어
내가 쪼는 부리 끝에서라도 한 번 만나자고 빌었지요
그때,
측백나무 위에 있던 까치 한 마리
푸드덕 날개 털며 날아가네요!

목백합꽃

꽃인 양 잎인 양
햇살에 어른어른
누군가 환영인 듯

가만히 올려다보면
노란 속치마에 주홍빛 띠를 두른 듯한

내 고향에서는 못 보았던 꽃

아니, 고교 때 지나다니던 여고
교정에 희귀한 고목으로 있었다던 그 꽃

여학생들 재잘재잘 언덕길 내려오면
골목을 돌아 그 학교 동그란 배지 속
백합처럼 고개를 숙이고 다니던

높은 담장 너머 안 보는 척 보고 있었으면서
순결한 모습을 한 번도 보여주지 않았던 너

지금에서야 나를 향해 미소 짓는
내가 다가가지 않으면 안 보이는 꽃!

잔치국수라는 말에 대하여

저승 가는 티켓팅에 길게 줄 서 있다가
삶이 번득이는 불꽃과 쇳소리에 깨질 때 쯤
불화로 속으로 관이 들어가고
우리 일행이 제일 먼저 한 일은
서둘러 잔치국수를 먹는 일이었다.
지하 구내식당, 시든 조화처럼 서 있다가
이승의 기억은 국수 삶는 김에 서려 가물한데
망인은 불꽃으로 소신공양 올릴 때
산사람들은 쫄깃한 면발로 국수공양을 한다.
그래, 인연은 국숫발만큼도 길지 않은 것
슬픔에 겨워 국수 가락 목구멍에 걸렸다는 말
아직 못 들어 봤느니,
저나 나나 진한 잔치국수 먹을 만하네
이럴 때면 쓸데없이 자디잔, 아니
불경스런 망상은 왜 일어나는지
화장장의 잔치국수라는 말이 어울리는가?
아니면 장례국수? 고별국수? 그냥 국수?
허기도 사치로 알던 그 치기 어린 날

동대문시장에서 쪼그려 앉아 먹던
면발의 추억은 왜 또 생각나는지
오늘도 객客들만 바삐 오고가는 시립화장장에서

평화라는 것

이른 아침 빌라 골목길
배달된 신문엔 연일 폭탄테러로 자욱한데

지하 102호 집 앞이 잠시 소란하다

다리를 뻗고 머릴 뒤로 젖혀 버티는 아이를
밀다 끌다 골목을 나서는 출근길 엄마
힘겨운 발걸음 뒤로 바짝 고양이가 지나간다

<비교적 고양이 걸음은 거만하다>

딸랑딸랑 종소리를 앞세운 두부장사
여느 때보다 늦었다고 인사 겸 말하는 눈빛이
두껍고 흐릿한 안경알 속에서 순하게 보인다
실한 두부모는 당분간 아내의 반찬 걱정을 덜 것이다

<지전 한 장과 동전 한 닢, 두부 한 모가 위안이다>

평화라는 것

동네어귀를 빠져나가는 삼륜차 딸랑이 소리
그 옛날 조무래기들 재잘거림처럼 아련해진다

돌아본 골목은 가지 끝에 풋감이 부풀고
고양이 발바닥 닮은 감꽃 꼭지가 점점이 흩뿌려있다
102호 집 큰아들이 고양이 발걸음처럼 당당했으면 좋겠다

미친것에 대하여

후미진 시장 어귀, 두 여자가 삿대질하며
서로, 미쳤지? 너 미쳤어! 한다
누가 미쳐? 니가 미쳤지… 서로 미친년이라네
오랜만에 미친년을 보았다
하나도 안 미친 미친년을, 정말 미친년을 보았는가?

사랑에 미친년, 배곯아 미친년, 애 잃고 미친년
들꽃 머리에 꽂고 치맛자락 날리며 가을 들판을 달리던...
돌각 담 양지에서 윗몸 드러낸 채 조무래기들 놀림 받던 새댁
지금은 어림없지만 그 돌팔매 대신 맞아주고 싶던
어린 내가 봤을 땐 하나도 미치지 않았던 그 여자들

종각 지하철, 머리도 못 감고 수줍은 손 벌리던 그녀
그녀에 대한 습작 시를 쓴 게 미친년에 대하여 썼다고 질책을
했던
미친년에 대하여 쓴 게 아닌데... 그는 지금도 최고 지성 시인
지성도 못 되는 나는 아직도 미친년을 미친년으로 밖에 시를
못 써

속으로 미친년, 미친년 읊조리며 돌아와서 이걸 시라고
끄적대네
　오늘 같은 날은 어느 요절한 시인처럼
　바람 부는 들판에 나가 미친 시를 쓰고 싶다

진보와 보수

아들이 진보주의자가 쓴 책을 보라고 건네준다
내가 보수주의자라고 생각하기 때문일 거다
그렇잖아도 벼르고 있었는데 광장으로 나갔다
위쪽 가운데는 진보들이, 길 건너편엔 보수들이 있었다
마침 세월호 추모 분향소가 있어서 고개를 숙였다
열기가 식은 때라 한산한 접수대에서 눈빛이 강한
한 사내가 힐끗 쳐다본다, 그는 나를 진보로 볼 거라고 생각했다
길을 건너 이번엔 보수들이 진을 치고 있는 연단 앞으로 갔다
이름난 보수주의자인 노老 논객이 열변을 토하기 시작 한다
한 사내가 유인물을 준다 그는 나를 보수로 볼 거라고 생각했다
선글라스를 쓰고 광장에서 진보인 양 보수인 양 돌아다니다가
지하철을 탔다, 빈자리를 보며 왼쪽에 앉을까 오른쪽에
앉을까
망설이다 느낌이 좋은 아가씨 맞은편에 가서 앉았다
그녀가 입을 가리지 않고 하품을 한다 그녀가 진보일거라고
생각했다
지하철에는 왜 의자가 일곱 갤까 잡생각에 젖다 보니 다 왔다
에스컬레이터를 타고 오르는데 건너 쪽은 수리를 하느라고

또 멈췄다

사람들이 한쪽으로만 몰려 타서 그렇단다

돈벼락

"까톡 까톡"하고 카톡이 울린다
먼저 누워 잠이 막 오려는데
"또 누구야, 늦게…"하면서도
아내는 더듬어 스마트폰을 찾아 든다
"크크크"하더니 날더러도 보란다
전에도 같이 "ㅋㅋㅋ"하다 잔 일이 있어
못이긴 척 호기심에 눈 비비고 보자니
오만 원 권을 세는 동영상이 연속 나온다
"이게 뭐야?!"시시한 듯 퉁명스레 툭 던지니
"뭐긴 뭐야 돈 세는 거지, 보면 몰라?"톤이 높다
"그게 뭔 돈이야? 종이지!"잘난 척을 또 했다
"당신 삐딱하긴, 그게 돈으로 안 보여?"이크!
명절 준비로 피곤했던 아내를 잘못 건드린 것 같다
아내는 그래 잘났다 싶었는지 모로 홱 눕는다
팔자에 없는 돈벼락에 정초부터 잠만 설쳤다

비오는 날 극장골목은 쓸쓸하다

삼류극장 스크린엔 늘 빗줄기가 내렸지 어둠 속에 졸던
영사기가 커다란 갈기로 포효하는 수사자를 깨워 "차르르"
기지개를 켰다 불 꺼지기 전 은막처럼 환한 교복 칼라에 고개를
묻고 숨 고르던 단발머리들, 귀가 길은 비에 젖은 담벼락
포스터 마냥 후줄거렸다

탑골공원 뒷골목 실버극장 가는 길, 늘어선 국밥집을
기웃대는 중절모 노신사 켜켜이 쌓아 올린 빈대떡에 눅눅한
기억들이 탁주 한 사발로 울컥이는 오후 세시 반 마지막 상영
"누구를 위하여 종은 울리나" 간판이 창에 부옇게 서린다

잿빛구름 같은 얼굴이었을까, 컴컴한 영화관에 앉아
죽었다는 젊은 시인의 실루엣이 검은 장막들 사이로 시나브로
사라진다 추억의 음악다방 늙은 디제이가 틀어주는 마이웨이는
돌담장을 돌아 귓가에서 맴돌고…… 비오는 날 극장 골목은
쓸쓸하다

낙타는 왜 눈물을 흘릴까?

낙타야 어미낙타야 산후우울증이라도 걸렸니 한순간 수유를 거부하고 봉 하나같은 새끼를 버려서는 안 되지 낙타야 그래 마두금 악사가 들려주는 애달픈 곡조에 눈물을 흘리고 위무가 되었니 사흘 만에 새끼를 데리고 수유여행을 끝내고 돌아와 젖을 물렸구나 낙타야 천형처럼 짊어진 쌍봉에 무슨 슬픔이 앙가슴 깊은 시름으로 남았니 아니면 태초에 까마득히 먼 훗날 인간들은 상상도 못할 원초적인 그리움의 그 무엇이 있었던 거니 공손하게 긴 다릴 꿇고 앉아 있는 너를 우악스런 구둣발로 여린 배와 잔등을 마구 밟고 올라탈 줄은 몰랐구나 낙타야 바이칼호 만큼 깊고 푸른 네 슬픔도 모른 채 캄캄한 밤 사막에서 어린새끼마냥 헤매기만 한 내가 미안하구나 낙타야 어미 낙타야!

슬픔을 안고 태어난 아이

　박물관 외벽 커다란 걸개그림* 큰 눈에서 눈물방울이 금세 떨어질 것 같은 폴란드 소녀가 시민들을 보고 있다, 아니 나를 보고 있다 먼 북쪽 대륙에서 온 그 아이를 보러갔다 지금 못 보면 또 한 생이 어긋날 것 같았다 한참을 들여다보다 어쩜 쌍봉낙타의 눈과 같을 거라고 생각했다 지상의 풀들을 다 적실 것 같은…… 하지만 그 아이의 눈을 보고 있는 나는 탐색의 눈이다 그 시인의 눈을 도서관 흑백사진으로 다시 보았다 아내 안 보는 곳에서 손거울로 들여다본다는, 확고하면서도 슬픔을 감춘 듯한 또 하나의 눈 오이디푸스는 스스로 자기 눈을 찔렀다 나도 나의 눈을 사랑했었다 함박눈이 종일 내리 퍼붓던 그 깊은 산 숲에서…… 며칠 후 그림이 내려지기 전에 다시 한 번 가 보았다 그 아이와 내 전생을 바꾸기로 했다

* 워비치의 소녀 〈켄지에르스키 1910년경 작품〉

애기똥풀꽃

애기 똥처럼 찐득이고 구린내 난다고 동네애들 괄시 혼자
받았지 강변 자갈밭에 널려진 쇠똥처럼 잊고 살았지 서유럽
어디쯤 길가 욜랑대던 야생 양귀비에 넋 놓고는 같은 양귀비과
라는 조선의 애기똥풀꽃은 홀대하였지 삭풍 저리던 뒷산
응달진 곳에 이른 봄부터 애기똥풀꽃이 피어 있었지 걸음걸음
하면서도 천덕꾸러기 마냥 그렇게 보고 지나쳤지 벚꽃 잎들
바람에 흩이고 개나리 진달래 이내 이울어도 샛노란 애기똥
풀꽃은 그 자리에 있었지 듬쑥한 찔레꽃 그늘 아래 옹기종기
모여 애기볼때기처럼 보드랍고 앙증맞은 그 꽃을 오늘 다시
보았지 저무는 저잣거리 골목어귀에 노란 저고리 차려 입고
나물바구니 앞에 환하게 웃고 있는 어린 누이들을 보았지

봄날은 갔다

봄은 그렇게 갔다

새벽 꿈 무엇에 쫓기듯

개나리 진달래 벚꽃들

서로 먼저 피겠다고 환장했던 그 봄

그 많던 꽃들은 어디로 갔을까

아카시아 흰 꽃도 지고 이울은

애기똥풀만 덤불 속에 노란데

뻐꾸기 우는 소리 들릴까

찔레꽃향기 바람결에 맡을 수 있을까

나는 아내와 함께

봄날은 간다, 가사 삼절을 다 외웠다

아주 하릴없이 속절없이 꽃답던 세월같이

거기 먼 깊고도 푸른 남쪽바다

멧비둘기 꺼억 꺽 울음 속에 봄날은 또 갔다.

* 세월호 참사(2014. 4. 16) 달포 즈음에

아버지의 만보기

유품 정리하다
나온 작은 만보기

한쪽 구석에 밀어났던
멈춰진 생애 8765

남긴 숫자 몇 발자국을
끝내 자식들 곁에
다가서지 못하신 채

만보 다 못 채우고
종종 걸음 깊은 숲길로
들어가 버리신 아버지

오늘 그 만보기 차고
벚꽃 길 걷다 돌아와 보니

거울 속 머리에 흰 꽃잎 하나
이승에 같이 따라 들어왔네

해바라기

수많은 해님들 중
오직, 하나
너!

나!
를 봐 주세요
쭉정이 망대가 되기 전

경춘선 전철 풍경

―2014년 어느 봄날

나 출발 시그널도 없이 **상봉** 스토리웨이 **망우** 아이♥커피
신내 영주신혼아파트 **갈매** 희끗희끗 이팝나무 **별내** 보금자리
아파트 **퇴계원** 과수원 사과나무꽃 **사릉** 기타 드럼 키보드
피아노 작곡 **금곡** 릉 수학여행 **평내호평** 시를 쓰는 오리 **천마산**
등산 아웃도어 대한민국최저가 90% 불이석재 **마석** 고개 엠티
가는 여대생 **대성리** 몸 풀려 술렁대는 강물 **청평** 리버사이드
모텔 **상천** 질주하는 시꺼먼 욕망을 받아 삼키는 터널 **가평**
녹슬은 철교 작대기 하나 이등병 첫 휴가 **굴봉산** 스마트폰에
경배하는 사람들 **백양리** 배낭 맨 배낭녀 지공거사 **강촌** 캠핑
텐트 치는 가족 **김유정** 금병산 동백꽃 청춘이라는 이름의 기차
산등성에 꽃뱀이 스르륵 **남춘천** 보랏빛 라일락 퇴계막국수
광수네닭갈비 공지천 이디오피아집 **춘천** 도착 그리고

묵은지 사랑

처음 아내에게 밥해주던 날

하얀 쌀을 씻어 살결처럼 안치고
파 다듬고 양파 까며 눈물간도 넣고

다가오는 거리만큼
기다리는 심정 이제 알겠다

삭은 묵은지 보글보글 끓는
시간만큼도 안 되는

에구, 내 사랑아!

금니

늙음은 눈에서 먼저 온다던데요

그런데 지난 지 오랜 어느 날

노을빛 스며드는 치과에 누워

생니 갈고 금니 하나 해 넣고는

나도 모르게 눈물이 갈쌍이데요

어른들 싯누런 잇몸 가가대소하던

툇마루 끝 봉숭아처럼 고개 숙이고 있던

어린 내가, 이제 금니박이라니요!

잃었던 첫사랑을 다시 만나기도 전에

어머니, 저도 이제 어른이 됐나 봐요……

웃을 때 금이빨 보일까봐

맘대로 소리 내 웃지도 못하는 애어른이요!

큰누님

오늘은 "큰누님!"하고 속으로 불러봅니다 "누나" 보다는
"누님"이나 "큰 누나"라고 어려서부터 불렀던 나의 큰 누님!
초등학교 2학년 때 우리 학교로 부임해 오신 큰 누님은 내게
든든한 빽이었죠 일기를 잘 쓴다고 칭찬해 준 담임 선생님의
말을 집에 와서 전해 준 것도 큰 누님이었습니다 사춘기 열병을
심하게 앓던 고교 때, 하얀 밤을 새며 썼던 일기가 그나마
오늘의 내가 있게 한 것이 아닌가 생각해 봅니다.

그 시절 흔치않던 여애결혼을 하신 큰 누님은 연애편지
심부름을 곧잘 내게 시켰습니다 장거리 우체국까지는 그리 멀지
않지만 빨간 우체통에 편지봉투를 넣고 올 때는 심부름 값으로
쥐어준 동전이 따끈한 호떡으로 바뀌어 있었죠 신작로 길을
오가며 정갈하게 쓰인 흰 봉투 안에는 무슨 사연이 들어
있을까? 궁금한 적도 있습니다

눈보라가 휘날리는 들판을 걸었습니다 끝없이 내리던 눈보라
속을 뚫고 어린 손을 꼭 잡은 누님은 어디를 가던 길이었을까
그 때 이미 알 수 없는 나의 길도 시작되었던 것일까요 어렴풋이

라디오에서 흘러나오던 "눈이 내리는데, 산에도 들에도 내리는데~~" 하는 노래와 하염없던 그 풍경은 오래된 사금파리 같이 유년의 뜰에서 반짝이고 있습니다

한번은 영화를 보러 갔었죠 어린 내가 보기에는 미성년자 출입금지일 텐데도 처녀 혼자 가기가 뭐하니까 나를 데리고 간 것 같습니다 "애인愛人"이라는 글자를 새긴 고목의 나무둘레를 보듬으며 남녀 주인공이 손을 맞잡고 사랑을 나누던 화면이 생생합니다 아마 제목이 "느티나무 있는 언덕"이었던 것 같습니다 "애인" 이라는 낱말과 "느티나무"는 한 뼘 더 조숙해진 내가 좋아하는 단어가 됐습니다

그런 큰누님이 이태 전 병원에서 수술을 받았습니다 부모님보다도 어릴 때 추억을 많이 남겨주신 누님이 수술실에 들어갈 때 처음으로 야윈 손을 잡아 드리며 위로를 해드렸습니다 겁이 잔뜩 났던 표정이면서도 제가 하는 말을 귀를 기우려 들으시는 것 같았죠 눈물이 글썽 돌았습니다 이제는 저도 나이가 들고 누님이 부모님 대신 같은 생각이

들었던 모양입니다

　큰누님은 키도 크고 인물도 좋아서 육남매 중에서도 제일 좋은 DNA를 타고 났다고 우리는 말을 합니다 기억력도 좋고 말씀도 잘 하시는 누님은 정치 얘기가 나오면 나하고 말씨름을 가끔 합니다 그래도 저와 비슷한 데가 많다고 하며 안 보이는 속정을 주시죠 만나서 지지고 볶을지언정 어릴 때 커다란 느티나무가 있는 언덕처럼 동생들이 외로울 때 기댈 수 있는 큰누님이 우리 곁에 오래 남아있기를 바랄 뿐입니다

제 **2** 부

사당동 일기

사당동 일기 · 1

사당역 지하서점
괜스레 서성이다
귀퉁이 시집 코너에서
오규원의 짧은 시를 훔쳐보았다

"밭에서 일하는 여자의
  치마 밑까지 파며
  굴삭기 소리 천천히 강을 건너온다"는

다시 지하철역
옆에 서 있는 여자 짧은 치마 속으로
거대한 레일바퀴 소리가
도시의 음모처럼 쳐들어오고 있었다

사당동 일기 · 2

시詩도 스마트폰으로 쓴다
시어도 검색하고 퇴고도 하며

지하철에 앉아
머리 노란 아이들은
애인 하나 다루듯
손놀림이 분주하다
연애편지 보내고 택배도 하고

한때는 코발트 바다색으로
원고지를 물들일 때도 있었는데

타자기 자판 서툴게 두드리며
농간질하던 시절도 불원간

이제는 손바닥에 올려놓고
시답지 않은 시를 쓴다

참 스마트한 시대다!

사당동 일기 · 3

이른 출근길
수많은 사람들 중에도
간혹 같은 칸에서 만나는
늘 같은 모양의 눈에 띄는 사람들이 있다
두꺼운 리포트에 안경을 처박은 대학생
밤 일 했는지 줄곧 졸면서 인사하는 아가씨
눈 지그시 감고 먹는데 열중하는 여자는
아침밥인지 스트레스인지 헷갈리고
매번 얼굴 화장 고치는 여자는
두세 역 지나면 미인으로 거듭 난다
무가지 수거하느라 고달픈 독거노인
휴지 버리듯 건네면 적선인 양 고개 숙인다
한해 저무는 레일소리 커가는 4호선에서
그것도 인연이라 정이 들었으니
그저 무탈하게 살아가길 바랄뿐
지하철은 사글세 걱정 없는 제3의 방이다

사당동 일기 · 5

사람아,
사람들아,

한 순간
날아왔다 사라지는
철새 같은 사람들아!

가랑잎 서성이다
갈바람에 쓸려가는
그 옛날
애인 같은 사람들아!

오늘도 나래 지쳐
동굴 속 두리번대며

너 하나 찾아보는
나 하나 찾아보는

사당동 일기 · 6

난봉 도져
봄밤 거닐다가

집에 와 보니

섶 위 누에처럼
한잠 들어 있는

아내여!
가랑잎으로 누워 있는 아내여!

사당동 일기 · 7
— 봄꿈

　벚꽃 잎 하나 전철역에서 맴 돌다 소녀의 신발 코에 붙어
왔어요 연분홍 꽃잎은 아직도 꽃샘 비바람에 떨고요 소녀의
동그란 콤팩트에 복숭아 뺨이 언뜻 눈에 어려요 버찌 열매 같은
눈동자가 돌돌 구를 땐 내 눈 속에 쏘옥 넣고 싶어요 객차도
지루한 듯 몸을 뒤틀 때 기울어진 머리는 이내 동심원 안으로
딸려 들어갈 것 같아요 목 기울기를 더욱 기신대며 모르는 척
할금할금 곁눈질을 해요 다소곳한 벚꽃 잎과 함께 거울 속으로
아주 들어가고 싶어요 도림천역를 지날 때 쯤 바람이 한 번 더
심술을 부리고요 꽃잎들이 팝콘 튀듯 가분가분 차창에 와
부딪혀요 앞자리 애동 엄마 품에서는 아기가 새근새근 자고
있고요 이대로 멈추지 말고 꽃가지 따라 북으로 북으로
올라갔으면 좋겠어요 소녀는 아직도 옆자리 앉아 있고요

* 「春夢」이란 수필집을 보내 온 그 비구니 스님께 드립니다.

사당동 일기 · 8

— 2013년 2월10일

　정월초하루 떡국 하나 올려놓고 지하철로 남산골 한옥마을
을 갔다 정초 소망 써 붙이는 곳에다 세상에 나온 지 이레째 된
외손자를 위해 덕담 적은 한지를 오방색 복주머니에 넣었다
타임캡슐 탑을 돌아보면서 흑룡처럼 큰 꿈을 펼쳐라 기원했다
누군가를 생각할 또 한 사람을 만들어 놓고 실버영화관으로
발걸음을 옮겼다 탑골공원 돌담 옆에서 노인의 목 심줄 같은
돼지국밥을 꾸역꾸역 먹고선 "선 플라워"를 보기 위해 이천
원짜리 티켓을 끊었다 커다란 젖가슴이 해바라기에 오버랩 된
눈이 큰 여배우가 숨을 몰아쉬며 여드름 난 까까머리를
노려보고 있다 컴컴한 텅 빈 극장에 홀로 앉아 눈물 머금었던
눈망울을 그 때는 몰랐다 누군가를 오래 기억하고 있다는 건
서글픈 일이다 눈 덮인 북한산에 밀려 철교를 건너오는 긴
그림자가 노을 속에 따라 오고 있었다

기심機心 · 1

새벽안개 피어나는
강가로 나가자,

까마귀, 백로 떼가
조반상에 분주하다

그저 바라볼 뿐인데
멀리서도 구린가 보다

갑자기
한바탕 소란하다.

<풍경 속 새들은 이미 없었다>

기심 · 2

산모퉁이
다보록 피어 있는
노란 들꽃

눈길보다
먼저 닿는
발자국 소리에

살짝 고개 돌린다

기심 · 3

지인의 추도식을 끝내고
공원묘지 한쪽에서 도시락을 먹다

쪼그리고 앉아
〈먹기 때문에 난 산 사람이다…〉
뜬금 없는 생각을 하였다

생의 마감처럼 서둘러서
일회용 용기들을 비닐봉지 속에 꾸겨 넣을 때
종이커피 한 잔의 여유를 들고
발걸음을 관리소 후원으로 옮기고 있었다

바로 그 때, 적막을 깬 큰 소리!
몇 발치 철망 안 복실개 한 마리가
내 쪽을 향해 "컹컹" 짖어댔다

섬뜩, 발걸음을 멈추고
다시 쪼그려 앉아 생각을 했다

나는 인생을 잘못 살았구나!

〈저 개같이 살았어야 하는데……〉

기심 · 4

동네 강아지 마냥
아내 따라 재래시장 나선 길

정육점 붉은 형광 빛 진열대에
켜켜이 쌓인 검붉은 살점들
도륙돼 있는 연골, 갈비뼈들이 보였다

냉동고 안에 정돈돼 있는
발목과 목뼈,심줄,사골들까지
순간, 오싹 어깨가 움츠려졌다

<살면서 너무 많이 먹었구나!
내 살점과 뼈다귀와 선지들까지도>

어릴 때 도살장에서 보았던
커다란 눈망울이 지켜보는 것 같았다

그때, 정강이 뼈 하나가 꿈틀거렸다

잘 생긴 나무

사농동 도립화목원엘 가면
오래 묵은 커다란 버즘나무가 있습니다
나무 그늘 벤치에 앉아 있자니
어릴 적 동네 언덕에 있던 성당
얼굴에 얼룩 버짐이 있던 노신부님이 생각납니다
인자하게 웃으시며 동무해 주었던
서양 신부님과 아이들은 어디로 갔을까
방울 열매같이 야물 딱진 까까머리들이
가지 끝에 매달려 나를 보고 호호 댑니다
유모차를 밀고 오던 아기 엄마도 마음이 통했는지
나무를 바라보며 "어머! 나무가 잘 생겼네!"
밑동 둘레를 두 팔로 보듬어 봅니다
아기도 까만 눈을 위로 굴리며 생글거리고
까치가 까악! 안녕을 하며 날아갑니다
화목원을 갈 때면 그 나무아래 벤치에 앉아
누군가를 그리워하며 속으로 가만히 불러봅니다

"잘 생긴 나무야!"라고

미술관 가는 길

이른 아침 서둘러
미술관 가는 길

그림도 모르는 내가
이렇게 즐거울 줄이야!

일 년에 한번 연인 만나듯
한 두 시간 넘게 줄 서 있어도

백화점 앞 바겐세일 행렬보다
모두들 표정이 그렇게 좋을 줄이야!

과꽃 같은 젊은 처자들
달고나 입에 문 아이들 아빠
자리를 깔고 앉은 노부부도

이어폰으론 솔베이지의 노래가
검푸른 피오르드 잔잔한 물결로

고목 사이 햇살 아래로 퍼지는데

사랑스런 아내와
먼 북해 기다림의 이름 모를 여인과 함께한
나만의 가슴 시린 어느 초가을의 호사好事!

미인도美人圖*

사랑도 호사인 양
가슴 여미고
풀 듯 말 듯 하느니

종내 앞에 서선
부끄러운 듯
다소곳한 저 여인

초롱 눈빛
아래 날선 콧날과
도톰한 입술이 앙증하다

초승달 아래
홀로 피어난
청초한 도라지꽃

북한산 자락
쪽빛 치마폭으로 내려앉는

그날 오후, 행복하였노라

* 간송미술관에서 신윤복의 「미인도」를 보다

동락원同樂園*에 핀 무궁화

참나리 졸고 있는 토담을 따라
종갓집 은행나무 안길 들어서니
사랑채 툇마루가 곤한 걸음 앉으라네

소싯적 둥구재 외갓집에 가쁜 어린 숨
어루 만져주며 보듬어 주시던 왕고모할머니
곱은 손등 같은 마루 결을 쓰다듬어 봅니다

청단풍 가지는 스란치마 드리운 양
장독들 마실 나온 햇살과 도란도란 정겹고
대청 건너는 솔바람은 손끝을 간지랍니다

아쉬운 발길 꽃밭을 돌아 대문을 나서려는데
돌담 귀퉁이에 파르르 서 있는 한 송이 하얀 꽃!

<나를 보아주고 가셔요!>

흰모시 두른 별당아씨 삼년 근친 발길 멈춘 듯

선홍빛 속 그리움에 눈 맞추고 있는 그 꽃이라니!

오는 차안 스마트폰 속에서 부끄러운 미소 환합니다

* 전주 한옥마을에 있는 전통기와집

구봉산에서 춘천의 밤풍경을 바라보았는지

해거름 지난 지 얼마간 되었으랴
서산에 걸려 있던 붉은 해가 하나 둘 모여 든다
저문 강물에 소리 없이 떠나간 사람들
아린 정에 봉긋이 눌려 있는 어머니 젖무덤으로
속 좁은 미련 따위 숨기지 못한 가슴에도
불빛 같은 우리의 만남
그 사람이 소중하므로 내가 소중하구나!
한줄기 귓불 지나는 선선한 바람이
하늘 먼저 간 큰 별빛에 스치운다
저기 너머에선 말라 버린 눈빛을
기다리는 작은 가로등이 깜박이고
자, 이제 우리 만남이여!
하나 둘 사라지는 저 그리움 속으로
찾아가야지 어제의 그 얼굴로
해가 떠오르고 새벽 강물 또 흘러야 되지 않겠나

구봉산에서 춘천의 밤풍경을 바라보았는지

해빙解氷

첫 얼음 풀리는 강가에서
엄지손가락만 한 생쥐를 보았다

겨우내 누워 있었는지
바람에 바싹 말라가고 있었다

〈너도 햇볕 쬐러 나왔구나!〉

그래, 우리
저 반짝이는 빛 하나
한 줌 바람결

말라가면서
때론 부풀기도 하면서
강물 따라 술렁술렁 흘러가야지

11월의 노래

카페에 앉아
망설이는
커피와 녹차 사이

사랑도
늘 그랬지
만남과 이별 사이에

창밖에
떨고 있는
가는 가지 끝 이파리 하나

멀리서
강은 다시 잘록해지고

가고 오는 삶도
가을과 겨울의 그 길목에

모두 다 사라진 것은 아닌

* 인디언들은 11월을 『모두 다 사라진 것은 아닌 달』이라고 했다함

제 **3** 부

때론 거칠고 서늘하게

문득 · 1

새벽에
꿈을 꾸고 일어나

향 피우고
촛불 켜다가

<깨어 있게 해서 감사 합니다!>

문득 · 2

밥은 누가 먹여 주지?
도서관 식당에서 밥 먹다가

요양원에서 어머니
내게 한 마지막 말
"소고기국이 먹고 싶어…"

<오늘은 책 그만 봐야겠다>

문득 · 3

성철스님 다비식 날 새벽
큰 눈으로 생생하게
"돈오頓悟하라!"

추도 기간 백팔 배 한 것밖엔
오랜 세월 지나 이제야 알았다
많은 사람이 현몽을 받아
어떤 이는 개종까지 했다는데

그럼 그렇지
그 때나 지금이나
깨닫지도 못하면서

어느 시인 묘비에
이렇게 써 있다면서

<우물쭈물하다 내 이렇게 끝날 줄 알았다!>

때론 거칠고 서늘하게

—석수石手의 노래

돌 하나에
고개를 숙이련다

돌거북아!

천년 탑비를 지고 있는 너의 수고는
견고하고 당당하다

무딘 정으로
목을 어루만지던 세월이

발바닥 모서리와 함께
닳아가고 있구나!

사랑하는 이여!

한갓되이
돌 앞에 선 나는

배롱나무 그늘 아래서
한 철 여름을 또 보냅니다

아기의 첫눈

첫눈 오는 날
마을버스 정류장
조물락 조물락
아기가 눈을 만진다

엄마는 엉거주춤
안쓰러워 말릴까 말까

생애 첫 눈인데
미세먼지 뿌연 잿빛 하늘 보며

<아가야, 미안해!>

아름다운 장돌뱅이

이른 아침부터 번호 따라 옹기종기

햇살 반짝이는 한강 나눔 장터에는

교각 밑 빈터마다 소풍자리 깔았다

노란 장화 신은 여자아이와

함께 앉은 젊은 엄마의 수줍은 목소리

나이키 운동화 팔아요!

끝이 닳은 빨 초 노 파 크레파스도

백설공주 난쟁이 동화책 팔아요!

오빠가 갖고 놀던 셔틀콕 농구공도

입던 옷 신던 구두 다 있어요!

추억을 팔아요!

꿈을 팔아요!

동동이 · 1

동동이만 보면
웃음이 나온다

동동이 생그르
나는 허허허!

고놈이 까르르
웃음보 터지고 간 날은

우리 집엔
웃음새가 사는 것 같다

동동이 생각이나면
또 웃음이 나온다

괜스레 허허 실실!

동동이 · 2

조그만 입 옹알옹알
개나리 꽃망울 터지다

보드란 볼 탱글탱글
향긋한 쑥 내음새 난다

눈망울 초롱초롱
아침이슬 햇살 머금다

손가락 조물조물
고사리 새순 돋는다

걸음마 조촘조촘
종다리 힘차게 솟았다

민서

아기가 다가와
내 눈을 찬찬히 살펴본다

맑고
그윽하다

은하 너머
몇 억 광년 걸쳐서
마주치는 별빛이다

민서

도토리

두 살배기 외손자 놈 머리통이 동그랗게 여물어 "도토리" 하고
불러 줬더니, 몇 안 되는 배운 말 중에 "도토리, 도토리" 읊는 게
앙증맞아 볼을 깨물어 주고 싶었던 것이다 다시 쓸쓸해지기
시작한 초가을 날, 햇볕을 따라 아내와 산 둘레를 돌다가
상수리나무 아래서 배낭을 펼쳐 놓고 있었던 것인데, 달포 째 못
본 고놈 생각을, 속으로 하는 것을 서로 짐작이나 하면서
막걸리를 흔들어 마시고 있던 터였다 나는 유튜브 동영상으로
김광석의 "서른 즈음에"를 들으며 허전한 웃음을 짓던 중인데,
하필 바람도 시샘인지 상수리나무 가지 끝에 도토리 몇 알을
투두둑 던지고 가던 거였다 노래나 다 듣고 일어나든지 말릴
겨를도 없이 주먹밥은 들다말고 득달같이 도토리를 주우러 가는
거였다 알뜰하고 실용한 우리 아내 그래, 묵을 쒀서 다람쥐도
먹고 나도 먹고 손자 놈도 "도토리, 도토리"하며 오물조물
먹자고 바라보고만 있었다

스크랩 시 · 1

#1

바다에서 아내와 두 아이를 필사적으로 잡았지만 결국 숨졌습니다 "세상에서 제일 예쁜 애들이었어요 매일 아침 나를 깨워서 놀곤 했는데 모두 떠났습니다 이제 제가 원하는 것은 사랑하는 내 아내와 아이들 무덤 곁에 앉는 것입니다"아버지 압둘라는 더 이상 그리스든 캐나다든 가고 싶지 않습니다 고향인 시리아의 코바니로 가서 가족의 시신을 옮겨 영원히 그들 곁에 머물고 싶을 뿐입니다 세 살배기 아일란이 모래에 머리를 묻고 죽었던 그날 밤에만 100명의 시리아 난민이 에게해에서 구조되었습니다 〈2015.9,4일자 모 신문〉

#2

2013년12월 새벽 미국LA공항 활주로를 94세 흑인 할머니가 천천히 걸었다 비행기문이 열리고, 병사 넷이 성조기로 덮인 관을 들고 나왔다 할머니는 참았던 눈물을 터뜨렸다 한국전에 참전했다 1950년11월 청천강 전투에서 전사한 남편 조지프 갠트 중사와의 63년 만의 재회 그 사이 백발이 된 아내는 "조지프는 누구보다 멋진 남자였고 나는 평생을 그의 아내로서

행복한 삶을 살았다"고 말했다 〈2015.10,29일자 모 신문〉

　시답지 않은 시를 쓴다고 비웃지 마 나도 모르는 건 아냐,
그냥 시가 좋고 시답지 않은 시를 쓸 때가 그냥 시답잖게 좋을
뿐, 알량한 재주라면 그걸로 그대에게 다가가고 싶을 뿐 연꽃을
보며 그리워하는 것은 연꽃이 거기 있어서가 아니라 내가
거기로 가기 때문 우리들의 영원한, 아이 천사 아일란과
일편단심 아내인 흑인 할머니!
　피안으로 다가간 아일란, 그리고 로맨스 할머니에게 시
앞에서 고개를 숙입니다

스크랩 시 · 2

65년 만에 두 딸과의 약속을 지켰다 최고령인 남측의 구상연 (98) 할아버지는 어느덧 백발의 할머니가 된 북측의 딸들에게 준비해온 꽃신을 전달했다

헤어질 때 각각 6살, 3살 이던 북측의 딸 구송자 선옥 씨는 어느덧 71세와68세의 할머니가 돼 있었다 구 할아버지는 65년 전 헤어질 때 두 딸에게 "고추를 팔아 예쁜 꽃신을 사주겠다고" 약속했다 하지만 갑자기 북한군에 징용되는 바람에 약속을 지키지 못했다 〈2015.10.25.일자. 모 신문〉

꽃신, 꽃신, 꽃신, 꽃신, 꽃신…, 세상에서 가장 예쁜 말 생을 다해 읊은… 세상에서 가장 아름다운 약속 세상에서 가장 젊은 아빠, 아흔여덟 구씨 할아버지!

그대여, 그대는 그 누구를 위해 평생을 "꽃신"같은, 두 글자를 백지에든 모래톱이든 써 본 적이 있는가 자기 이름보다 더 많이 썼던 그 누군가의 사랑했던 사람의 이름을

* 구상연 할아버지는 딸들과 상봉 후 일 년 뒤 2016년 2월9일 99세로 돌아가셨다.

스크랩 시 · 3

　2013년11월27일, 경희대학교에 이메일 한통이 날아왔다 발신자는 "경희대를 사랑하는 한 직장인" 이라고만 돼 있었다 그는 곧장 500만원을 경희대 계좌에 입금했다 "40여 년 전 내가 살던 마을에 찾아왔던 경희대 봉사동아리" 바인 "회원 학생들을 위한 장학금으로 쓰였으면 좋겠다"고 했다 바인 봉사대가 김씨네 마을을 찾은 건 1971년 7월, 강원도 원주 신림면의 한 마을로, 읍내에서 50-60리 떨어진 벽지였다 치악산과 맞닿은 산길을 따라 2년간 방학 때 마다 봉사단 40명 이 찾아 왔다 김씨가 태어나서 처음 본 "서울 사람"인 대학생 언니, 오빠들이 바깥세상과 이어지는 "창(窓)"이었다고 했다 지난 8일 성남의 한 음식점에서 경희대 바인 봉사대 대원들과 김씨가 43년 만에 만났다 〈2015. 12.15일. C 신문〉

　그래, 지금 그 소녀, 소년들은 어디서 잘 살고 있는지? 산머루 같던 눈망울의 단발머리 계집애들, 감자 같은 주먹으로 통나무 팽이를 곧잘 돌리던 머슴아들… 우리를 서울 사람들처럼 동경으로 바라보던 순진무구한 얼굴들

실은 그땐 나도 어렸단다 아무것도 줄게 없던 나는, 기억에 남게 해준 게 없을 거야 다정한 미소조차도. 너희들이 더 씩씩하게 날 위로해줬지. 부끄럽다 너희들을 생각하면… 아직도 한 둘은 들녘에 걸린 무지개처럼 아스라한 기억도 있는데

보름달이 도라지 꽃밭에 환하게 내리던 초가, 호롱불 사이로 띠살문 살짝 열고 말없이 돈을 받고 물건을 건네던 얼굴 해쓱한 처녀는 어떻게 되었는지… 마을에선 누군가 폐병에 걸린 여자애가 있다고 하는 걸 바람결에 들은 것 같은데

의자가 있는 풍경

홀로

앉아

눈과

마음

바라

보이는

만큼의 거리에서 나를 바라보고

있는 너 상수리 숲 사이 내리는

흰눈 희끗희끗 눈꽃송이 눈부처

함께   보는

뭉게   구름

염천   호우

아기   단풍

머언   서역

티벹   고목

배낭

1

구겨진 바지처럼
나를 넣고
떠나고 싶다

2

거기 있지만
멀리 떠난 것

떠났지만
그 자리에 있는 것

사랑도

땅끝

가면 끝나는 줄 알았다
그 사랑이

울면 다시 올 줄 알았다
그 사람이

저기 꽃섬에 묻었다

황소와 자화상
─이중섭 그림을 보며 · 1

큰 분노는 슬픔이다

높고 뚜렷하고 참된 숨결*은
한갓 고상한 것

물고기, 게딱지와 아이들
함께 실컷 먹고 놀고
벌거벗고 자고 또 깨고

삶은 외롭고 서글프다고
그러나 아름답다고 절규하는

그는
황소처럼

타는 노을은 기다림이다

* 이중섭이 쓴 詩, 「소의 말」에서 인용

떠나는 가족
― 이중섭의 그림을 보며 · 2

가자, 가자, 가자!
따뜻한 남쪽 나라로

가난 없고 이념 없는
벌거숭이 나라

너 부랄 내놓고
나 엉덩이 까놓고

울고
웃고
소리 지르고

꽃도, 새도, 황소도
모두들 모여 아늑한 나라

이영차, 영차! 힘차게!
가자, 가자, 가자!

제 **4** 부

책이 책하다

전생前生

전생을 보았다
바랑 하나 걸어 놓고
이제 돌아갈까
저제 돌아갈까

이 바람 저 물길
이 집 저 집 기웃기웃
별당 아씨 못잊어
산을 내려 온

허랑방탕한 기약
땡중도 못된 파계승 되어
이 생 저 생
다시 저무는 가시 굴헝길

벽에 걸어 놓은 바랑 보며
어느 날 꿈에
나의 전생을 보았다

도피안사 부처님
 ─철원 사람들

역곡천 너머
건너지 못하는 숲, 하얀 찔레꽃!

도피안사 부처님이
녹슨 철조망 닮은 조막손으로 받아

곰보 얼굴 미소 지으며
신라적 사람들에게 건네어

천년 흙바람 속
넓은 들에서 달 보며 사는 사람들

이곳에선
구멍 뚫린 녹슨 철모도 꽃이 되고
화약 냄새나는 지뢰도 꽃*이 되고

깊고 깊은 샘통에서 솟는
눈물 눈물들이 하염없어

한탄강 은하수로 흘러
또 다시 천년을 살아

닳고 닳은 곰보 돌들
도피안사 부처님같이

* 정춘근 시인의 「지뢰꽃」

남산골 서당, 감이당

남산에 가면 아직도 서당이 있다
누가 붓골[筆洞] 아니랄까봐 열심히 쓰고
시도 때도 없이 글 읽는 소리가 낭랑하다
그곳엔 한 번도 정규직을 가져 본 일도 없고
생존도 연애도 주변이 없어 공부밖에 모르는
아니 공부로 먹고 살자고 모인 이 삼십대 백수인 학동들이
또는 늦깎이 주부, 환속한 수녀, 노처녀들까지 모여서
자본과 제도의 벽을 오로지 공부공동체로 넘어보자고
앉은뱅이 상 하나씩 놓고 낭송하며 고전을 읽는다
세끼 밥 당번도 번갈아 맡고 각자 설거지를 하곤
단풍 든 남산 둘레길을 걸으며 암송도 한다
평생 주색잡기하다 늦게 합류한 머리 허연 내가
생소한 들뢰즈, 가타리를 듣고 흥부전을 따라 외울 때
어린 조카 같고 자식 같은 청춘들한테 미안한 거였다
우리 대는 좋은 시절 만나 잘 먹고 잘 놀았는데
너희들은 때를 잘못 만났니? 시대를 잘못 태어났니?
그래 남산골샌님 역적 바라듯 독하게 마음먹고
허생원의 후예답게 공부로 세상을 바꿔봐라

이 시대의 백수, 미생들아! 쫄지 마!

금동반가사유상 앞에서

두 분이 나란히 있다 해서 왠지 울컥하다가, 이쪽 얼굴을
보다 저쪽 얼굴을 보다가, 등배부터 발끝까지 옷자락 하나씩
훑어보다가, 도톰한 발등과 발바닥이 동동이 같구나 하다가,
잘록한 등허리 골에다 시원한 물 한 그릇 부어줬으면 한여름에
참 시원 하겠구나 뜬금없다가, 미소 짓는 입 꼬리는 두 분이
비슷하구나 생각하다가, 삐딱하게 벽에 기대서 한 시간은 있다
가야지 맘먹다가, 더 이상 볼 것도 생각날 것도 없다고 하다가,
남산에서 헤어진 여자들을 아직도 전시장으로 끌고 다니다가,
제주에서 공부하러 온 홀어멍 같은 여자와 사투리 사근대는
일본어 노처녀 강사 중에 누가 더 나을까 하다가, 그래도 78호
보다 83호 금동보살님이 더 낫다고 생각하다가, 집으로 오면서
개똥밭에 구르더라도 저승보다 이승이 낫겠다고 생각하다가

책冊이 책責하다

온라인 책 구매로 실랑이를 하다가
화를 크게 내고 말았다
결국 사과와 함께 환불까지 받았지만
그로 인한 피해자는 그곳도 책도 아닌
나 자신이었다
수그러진 줄 알았는데 맹렬한 불꽃이
아직도 잿더미 속에 도사리고 있었다니
그것도 마음공부 한다는 책을 구하다가…
언제나 나는 그럴 만했고 정당했다고 자위했다
고객의 입장이 아니라고 대형서점의 갑질이라고
분을 참지 못한 나는 마치 골리앗을 쓰러뜨릴 자세였다
책을 포기하고
급한 마음에 도서관 열람으로 필사하고 돌아오던 길

책冊이 나를 꾸짖는다

장기기증서

흐지부지 회원증마저 잃어버리고
골목길 강아지처럼 부질없다가
20년 만에 증서를 복원하여
카드를 지갑 속에 넣고 돌아오는 길

네 몸은 네 몸이 아니라고
너는 잊었지만
20년 동안 저당 잡혀 있었다고

눈도 장기도 모두 네 것이 아니라고
그렇게 누항의 시궁창에 막 굴렀냐며
마구 나무라며 가슴 안에서 쿵쿵 댄다

장기기증서

찔레꽃

숙암 너머
거기 찔레꽃 모퉁이

간이역
지나 바람 한 줌

머무는 곳

꽃 대궁
하나 꺾어 건네주던

하얀 미소
꽃 이파리 떨 듯

쌉살 상큼한
작은 여인이 있었어요!

* 수필가 이명순 회원을 추모하며

희망이발소

　희망리 성당 언덕 아래엔 아직도 「희망이발소」*가 있습니다
개구쟁이들이 늙수레한 얼굴로 차례를 기다리고 앉아있군요
다소곳이 숙인 내 어린 뒤통수에 "째깍, 째깍"바리깡이 선득 와
닿습니다 풀을 주다가 문이 열려 달아난 토끼가 영수네
배추밭을 망가뜨려 엄마한테 야단맞고 반성하고 있는 중입니다
"사그락, 사그락"귀밑머리를 가위질 할 땐 양지 녘 병아리처럼
졸음이 사르르 옵니다 커다란 물레방아에서 시냇물이
금방이라도 흘러내릴 것 같은 풍경그림을 맥없이 쳐다봅니다
게눈처럼 치켜뜨고 옆을 보면 작은 액자에는 서양 계집애가
무릎 꿇고 한 줄기 빛을 향해 손을 모아 기도하고 있군요. 처음
들어본 피아노 소리 "소녀의 기도"라는 주인공이 그
아이인가도 생각해 봤습니다 이윽고 파랗고 흰 타일이
모자이크 조각처럼 붙어 있는 네모난 곳에서 머리를 감습니다
동그란 나무의자에 올라앉을 때면 어른들보다 거위 목을 더
빼야 합니다 그래도 집에서 감는 머리보다 한결 시원합니다
새까맣고 반들거리던 그 수북한 머리카락들은 어디로
흘러갔을까요
　오늘도 희망이발소에서 머릴 깎으면 왠지 기분이 좋고 모든

게 다 잘될 것 같습니다

* 홍천군 홍천읍 희망리에 있음

그 애

서울서 전학 온 얼굴도 하얀 계집애가 하필이면 내 뒤에 앉아,
선생님 몰래 장난들 치다가 나는 그 애를 때린다고 하면서 멈칫
뺨에 손바닥만 살짝 대고 말았지 순간 그 애 얼굴이 발갛게
복숭아 물이 드는 것을 보았네 모두들 머쓱해진 꿀 먹은
표정들만 하고 있었지

소풍을 갔다네 점심을 먹는 둥 여우비는 오락가락 들판을
지르는 참새들 마냥 뛰어들 가다가 작은 나무 밑으로… 들어
가자마자 갑자기 한 아이가 "또 뛰자"하고 뛰쳐나가니 모두들
뛰었는데, 글쎄, 그 애와 나만 머쓱하니 남아 있는 게 아닌가,
나는 계면쩍게 그 애의 복숭아 뺨을 다시 한 번 보았다네

이름도 모르는 그 애를 두고 다시 전학을 갔다네 한 해 남짓
또다시 더 넓은 도시로 이사 와 까까머리 중학교에 들어갔는데,
예쁜 선생님은 "소나기"를 모두들 소리 내 읽게 했다네 아마, 그
즈음부터 얼른 밤에 잠 못 드는 버릇이 생겼나봐 이제라도
바람은 그 애가 어디서 무얼 하고 사는지 모르지만 그 모습
그대로 이 시를 꼭 한번만 보았으면

우물 터

햇살이 곤두박질 두레박에서 그 아이 흰 종다리를 쏴악 쓸어내릴 때, 깊은 우물 속 울림은 길 건너 마루까지 통통 튀어 왔어요 불현듯 양은물통을 들고 나가는 뒷머리엔 "얘야, 땡볕 지난 뒤에 물 지르지…"어머니 말씀이 마당에 돌개바람처럼 지나갑니다 덩달아 우물에 나가 쿵쿵 두레박을 내리는 틈에 얼른 물통을 양손에 옮겨들고 그 계집애는 종종 오리걸음으로 골목을 빠져 나갑니다

불이석재

마석 지나다가 불이석재不二石材
국도 변 자투리땅에
인류가 공존하고 있다
서쪽 하늘바라기 아미타불과
잿빛 땅 지킴이 지장보살과
홀을 품고 있는 문인들과
고개 숙인 성모 마리아까지
눈 먼 해태나 사자들도 모여 있다
눈이 오나 비가 오나 저마다 영역 지키며
햇살 내리쬐는 아침부터 회의를 한다.
누가 먼저 팔려가더라도 잘 가여!
우리는 둘이 아니고 하나인 거여!
허덕이며 넘던 저 고갯길이나
세상이 끝날 듯이 내빼는 요 앞길이나
서울로 가는 길은 하나인 거여!
십년이 넘도록 하산下山하지 못하고
한 자리에 서 있는 단군할아버지 말씀에
모두들 말없이 고개를 끄덕인다

불이석재에서는 누군가 말을 해도
말 없는 채로 한결같이 서 있다

두미리 가는 길

팔봉산을 끼고 굽이굽이 홍천강을 따라가면

두미리 가는 길이 나오는 데요

그 길을 예전엔 버스가 끊기면 걸어서 갔지요

휴일에 가족들과 차로 달리니 한 시간도 안 걸리는데

아이들은 이해를 못 했습니다

저 산과 강을 따라 반나절은 걸었다니까요

또 그렇게 먼 길을 왜 다녔냐고 했죠

친구가 보고 싶어 간 길을, 호롱불 아래 환히 웃는

친구 누이들이 보고 싶어서 간 길을 말이죠

어머니는 언제나 큼직한 두부모를 들기름에 지지셨죠

이제 추녀 내리고 문짝 떨어진 빈집을 들렀습니다

잡초 난 뒤란을 서성이며 이끼 낀 장독대를 보고 있을 때

아이들은 어서 가자고 내 등을 떠밀었죠

더 머무를 까닭이 없는 마당에서 나오는 순간

밤하늘에 반짝이는 별들을 보았어요, 쑥불 피워 놓은

멍석에 누워 누이들과 하나씩 헤던 그 옛날의 별들을 말이죠

이렇게 한 평밖에 안 되는 마당에서…를 되뇌며 돌아올 때

산등성이 너머에는 그 때의 내 눈물이 아직도

강물을 따라 흐르고 있는 것을 보았습니다

나무를 심으며

―동현, 민서에게

어린 나무야,
꽁꽁 묶인 채로 내게로 온
너는 떨고 있구나!
아직도 찬바람에 추워서 그런 거니?
아님, 지갑 여는 익숙한 모습으로
너를 주고받아서 그런 거니?
너와 나는 거래가 아니란다
사랑은 상품으로 넘치는 데
너희들을 보면서야 알겠구나
옭아맨 고무 끈을 하나씩 푸는 동안
조금 안심이 되었니? 여린 나무야!
저기 숲의 바람
땅에 솟는 샘물을 흠뻑 마셔보렴
팔 다리 기지개를 쭉 펴고…
푸름을 품었던 그 시절은
늠름한 고목처럼 어디서 싱그러울까
이제,
너희들의 옹알이와 나래로

오래 오래 푸르고 꽃 피워라
나의 나무야!

그리다

사각사각!
연필을 깎는다

그림을 배우며
다소곳이 앉아

4B연필을 나란히
필통에 재워놓는다

길고 뾰족하게 잘 깎았어요!
나이 들은 학생이 칭찬을 받는다

다시 미술시간이다

장화신은 고양이를 들려주던
예쁜 선생님이 크레용을 잡아준다

꿈이 아니야, 잿빛 퇴행은 안 돼,

왕자님이 놀던 12색 무지개 동산으로 돌아 간 거지

오늘은 무언가 그리는 날!

깨도하다

난생처음 깨를 털면서
타닥타닥!

자리를 펴면서도
이게 과연 깨가 될까?

이런, 막대기로 맞아야
깨가 되다니

비웃기도 하면서
나를 향해 고소고소!

깨가 쏟아진다
투두둑, 솰솰!

저런, 깨가 막 달아나네!
나는 여기가 아니라고
저기가 내 자리라고

이 나이에
타닥타닥!

아직도
깨도 못하면서

투두둑, 탁탁!
깨달으라고

빵집 처녀

새벽 전철역은
총총걸음으로 시작한다

모퉁이 작은 빵집 안
그녀가 기지개를 하며 하품을 한다

<그래, 졸리니까 청춘이다!>*

반짝이는 은빛 오븐에선
빵들이 하나씩 눈을 뜨고
그녀도 서서히 부풀어 오른다

<청춘이니까 부풀어 오른다!>

레일 바퀴 소리는
붉은 해의 심장처럼 닥아 오고

그녀는 새벽 마다 부풀어 오른다

우리 동네
작은 빵집 처녀!

* 김난도 교수의 『아프니까 청춘이다』에서

참꽃
― 어머니(들)

응달진 곳에
양지 바른 곳에

여기저기
분홍 진달래꽃

참, 곱게 사셨다!

감정리 연가

　　저 돌아왔어요 할머니, 멀고도 먼 길 돌아서요 희끗희끗한 감꽃이 이제 보여요 예전엔 못 보았던 저 푸른 듯 노란 감꽃을요 가물대며 돌아가는 서낭당길 할머니 모습이 보이네요 치성으로 돌 하나 또 얹고 가셨지요 꽃은 그리도 빨리 꼭지 되어 떨어지던 걸요 그때 보았으면 얼마나 좋았겠어요 수줍은 듯 감꽃 입에 물고 물동이 이고 가던 모습을요

　　갈엔 시린 물 건너서 노을에 떨고 있던 떨감을 한 자루씩 따왔지요 어머니는 왜 아무 말도 없으셨을까요, 고샅길 요리조리 다니시며 감나무고목 밑에서 당신 손등을 어루만지며 강아지마냥 맴을 돌고 있을 때도 아련한 미소만 보내주셨죠

　　파도 심을 거예요 파꽃 너머 서낭당길 보이는, 감꽃이 손짓하는 그 거리쯤에서요 할머니, 저와 함께 잣나무 고개 그늘 아래 쉬어서 가요 저 멀리서 감꽃이 져요

* 춘천시 동면 감정(甘井)리

순진무구한 동화적 회귀의 심상

이 영 춘
(시인)

순진무구한 동화적 회귀의 심상

이 영 춘
(시인)

1. 언어의 힘

이번 시집 원고와 함께 보내온 최현순 시인의 첫 시집 『두미리 가는 길(2004, 현대시)』 속에는 아래와 같은 내용의 짤막한 편지가 있었다. 그 내용이 나의 가슴을 찡하게 했다.

"십이 년 만에 이 시집을 다시 드립니다. 서초동 국립도서관에서 선생님의 시집 『노자의 무덤을 가다』를 보다가 서쪽 창가 노을을 보며 눈시울을 붉힌 적이 있습니다. 예전 저의 초년 시절 가끔 수향시낭송회에서 홀로 숙연하여 슬픔에 젖어 계시던 선생님을 보며 '저분은 천상 시인이신가 보다.'라는 생각을 했던 적이 있습니다."

이 짤막한 글이 왜 이렇게 가슴을 찡하게 했을까, 생각해 보았다. 그것이 바로 '예술이라는 언어의 힘'이 아닐까! 그 힘 속에는 사람과 사람 사이에 교감할 수 있는 정서가 담겨 있기 때문일 것이다. 말 한 마디로 천 양 빚을 갚듯이 아주 오래, 그리고 자주 말을 주고받지 않았어도 최현순 시인과는 이렇게 교감하고 있었다는 것을 새삼 깨달았다.

2. 발견의 눈과 순진무구한 동화적 심상

산스크리트어에 '크란티타르시'란 말이 있다. '발견의 눈' '혁명의 눈'을 뜻하는 말이다. 이 때 '발견의 눈, 혁명의 눈'을 가진 자는 바로 '시인'이라는 것이다.

그렇다. 시인은 끊임없이 관찰하고 사유하여 그 시적 대상물이 전해주는 말을 들을 줄 알아야 한다. 이것이 발견의 눈, 창조의 눈이다. 어찌 그뿐이겠는가. 시인은 신의 말을 가장 잘 들을 줄 아는 사람이라고 한다. 그 신의 말을 잘 받아 적는 사람이 시인이다.

라이너 마리아 릴케는 "시는 체험이다."라는 말로 시를 쓰는

데 없어서는 안 될 '체험'의 중요성을 그의 저서 『예술가의 초
상』에서 설명하고 있다.

최현순 시인은 어린 시절부터 퇴직할 때까지 많은 곳을 이동
하면서 살았던 흔적이 시의 곳곳에서 발견된다. 그것은 최현순
의 시가 그만큼 다양성을 띠고 있다는 뜻이다. 그는 가는 곳마
다 시적 대상이 되는 사물에 대해, 인간에 대해, 삶에 대해 그냥
소홀하게 지나친 적이 없다. 그 대상에서 새로운 진리, 혹은 보
편적 진리를 발견해 내는 큰 우주적 눈을 가지고 있었다. 이것
은 곧 최현순의 시적 체험이며 이 체험을 재구성한 것이 최현순
의 시다.

특히 최현순 시인은 사물을 바라보는 눈이 매우 섬세하고 관
찰력이 뛰어나다는 것을 느낄 수 있었다. 또한 삶에 대한 자세
가 매우 진지하고 순진무구하다. 그리고 최현순 시의 또 하나
의 특징은 시가 소설처럼 흥미롭게 잘 읽히고 있어 긴장감을
유지시켜 주는 강점이 있다.

몽테뉴는 그의 『수상록』에서 "이 세상에서 가장 소중한 것
은 자기 자신에게로 돌아가는 길을 배우는 일이라"고 했다. 최
현순 시인은 자기 자신에게로 돌아가고 싶은 회귀 본능적 청소
년 시절을 회상하며 쓴 시가 많다. 때 묻지 않은 한 폭의 그림
처럼 순수하다.

"글은 곧 그 사람이다."라는 뷔퐁의 말을 빌린다면 이 순진
무구성은 곧 그의 천성이며 심성일 것이다. 청소년 시절, 혹은

유년의 시간과 공간을 거슬러 올라가 시인의 심상에 깊이 새겨진 '기억'과 '정서적 체험'을 마치 심미적 동화의 세계로 회귀하는 듯한 심상을 그려내고 있다. 「목백합꽃」을 비롯하여 「그 애」「애기똥풀꽃」「우물터」「희망이발소」「큰누님」 등 일군의 작품에서 그의 순진무구한 심성을 빌건할 수 있다. 정교하게 잘 짜인 한 필의 피륙을 펼쳐 보듯이 이제 최현순의 시 세계로 들어가 보자.

고교시절 지나다니던 여고 교정에
희귀한 고목으로 있었다던 그 꽃

여학생들 재잘 재잘 언덕길 내려오면
골목을 돌아 그 학교 동그란 뱃지 속
백합처럼 고개를 숙이고 다니던

높은 담장 너머 안 보는 척 보고 있었으면서
순결한 모습을 한 번도 보여주지 않았던 너

지금에서야 나를 향해 미소 짓는
내가 다가가지 않으면 안 보이는 꽃!

—「목백합꽃」 부분

목백합꽃은 목련과에 속하는 꽃으로 일명 '튤립나무꽃'이라고도 한다. 원산지는 북아메리카이며 꽃말이 아주 좋다. '전원의 행복'이란 뜻이다.

최현순 시인이 왜 시집 제목을 『목백합꽃』으로 하고자 했을까를 생각해 보았다. 그런데 바로 이렇게 행복한 꽃말의 의미와 함께 청소년 시절, 가슴 두근거리며 지나다니던 여고 교정에 우뚝 서 있던 교화가 바로 그 목백합꽃이었다. 그러므로 최현순 시인에겐 이 꽃이 단순한 꽃이 아니다. 꽃의 대상은 호기심으로 가득 찬 소녀일 수도 있고 그리움의 대상을 은유한 이미지로 볼 수도 있다. 실제로 목백합꽃은 그 모습을 쉽게 드러내지 않는다. 넓은 이파리 속에 숨어 있어서 '내가 다가가지 않으면 안 보이는 꽃!' '볼 수 없는 꽃'이고 '비밀처럼 간직하고팠던 그 꽃'이다. 최현순 시인의 가슴 속에는 아직도 그리움과 동경의 대상으로 살아 있는 꽃이다. 가슴속에 몰래 숨겨둔 꽃, 숨겨둔 꽃이기에 더없이 아름답다.

최현순 시인은 이렇게 잊지 못하는 대상들을 달빛처럼 은은하게 그려내고 있다. 이런 작품들은 순수한 그의 동심의 세계를 독자로 하여금 함께 공유하게 한다.

작품 「우물터」를 보자.

햇살이 곤두박질 두레박에서 그 아이 흰 종다리를 쏴악 쓸어내릴 때, 깊은 우물 속 울림은 길 건너 마루까지 통통 튀어 왔어요

불현듯 양은물통을 들고 나가는 뒷머리엔 "애야, 땡볕 지난 뒤에
물 지르지…"어머니 말씀이 마당에 돌개바람처럼 지나갑니다 덩
달아 우물에 나가 쿵쿵 두레박을 내리는 틈에 얼른 물통을 양손
에 옮겨 들고 그 계집애는 종종 오리걸음으로 골목을 빠져 나갑
니다

—「우물터」 전문

「우물터」라는 작품은 그 자체로서 향수와 동심을 불러일으
키는 말이다. 옛날의 우물터는 흔히 우리 어머니들과 누나들의
빨래터이자 비밀을 탄생시키고 물어 나르는 창고 같은 곳이었
다. 이 시 역시「목백합꽃」에서처럼 은근 슬쩍 한 소녀의 모습을
떠 올리게 하고 있다. "물통을 양손에 옮겨 들고 종종 오리걸
음으로 골목을 빠져 나가는 계집애"의 모습이 그것이다.「목백
합꽃」이나 「우물터」는 그 시적 배경이 은은하고도 감칠맛 있게
처리되어 있어서 시적 분위기와 묘미를 잘 살려낸 작품이다.

다음의 작품「애기똥풀꽃」도 같은 기법으로 "골목 어귀에 노
란 저고리 차려 입고 환하게 웃고 있던 어린 누이들"을 환상적
으로 그려내고 있다. 시적 대상 역시 자연물이다. 이 자연물은
하나 같이 그 속에 그리움의 이미지가 숨어 있다.

애기 똥처럼 찐득이고 구린내 난다고 동네 애들 괄시 혼자 받

앉지 강변 자갈밭에 널려진 쇠똥처럼 잊고 살았지 서유럽 어디쯤
길가 욜랑대던 야생 양귀비에 넋 놓고는 같은 양귀비과라는 조선
의 애기똥풀꽃은 홀대하였지 삭풍 저리던 뒷산 응달진 곳에 이른
봄부터 애기똥풀꽃이 피어 있었지 걸음걸음 하면서도 천덕꾸러기
마냥 그렇게 보고 지나쳤지 벚꽃 잎들 바람에 흩이고 개나리 진
달래 이내 이울어도 샛노란 애기똥풀꽃은 그 자리에 있었지 듬쑥
한 찔레꽃 그늘 아래서 옹기종기 모여 애기볼때기처럼 보드랍고
앙증맞은 그 꽃을 오늘 다시 보았지 날 저무는 저잣거리를 내려
오면서 골목어귀에 노란 저고리 차려 입고 환하게 웃고 있던 어
린누이들을 보았지

— 「애기똥풀꽃」 전문

헨리 소로(Henry.D.Thoreau)는 "시인은 자연의 서기"라고
하였다. "우주 공간에서 웅대한 자연의 숨소리를 옮겨 놓는 행
위가 그것이다."이 말은 곧 시인의 사명과 역할이라고도 역설
할 수 있다.

최현순 시인의 「애기똥풀꽃」은 어린 시절 무심하게 지나쳤던
사물에 대하여 새로운 발견의 눈으로 새로운 의미를 부여하고
있다. '저잣거리를 내려오면서 골목 어귀에 노란 저고리 차려
입고 환하게 웃고 있던 어린 누이들' 을 발견해 낸 것이다. 하찮
은 사물에 대해 새롭게 눈 뜨는 발견의 눈, 그리고 거기에 의미
를 부여하는 일, 이것이 곧 창조의 힘이자 시인의 눈이 아니겠

는가!

이렇게 섬세한 관찰력으로 자연물에 감정이입 시킨 작품으로 「찔레꽃」 「해바라기」 「참꽃」 등의 작품이 눈길을 끈다. '응달진 곳에/양지 바른 곳에// 여기저기/ 분홍 진달래꽃// 참, 곱게 사셨다' (「참꽃」 전문). 결국 이 작품 「참꽃」은 어머니의 한 생을 미화시킨 작품이다. 직관력(intuition)으로 표현한 함축미가 돋보인다.

3. 공간과 시간을 배경으로 한 체험의 시학

칼릴지브란은 시간적 차원과 공간적 차원을 배경으로 하여 "그대들 속의 영원은 시간의 영원을 깨닫고 있다. 그리하여 어제란 다만 오늘의 추억이며 내일이란 오늘의 꿈이란 것을 안다."라고 시간적 차원의 추억을 언급한다. 또한 공간적 차원의 집에 대하여 "그대들의 집이란 그대들의 보다 큰 육체, 태양 속에 자라며 밤의 정적 속에 잠든다. 또한 꿈꾼다. 그대들의 집은 꿈꾸지 않는가? 꿈꾸며 숲이나 언덕 꼭대기를 향하여 도시를 떠나고 있지 않는가?"

칼릴지브란의 이 말은 모든 시간적 배경과 공간적 배경 속에는 우리들이 살아온 '기억' 과 '추억' 이란 의식이 무의식적으로 자리하고 있다는 것이다.

　최현순 시인의 이력을 보면 참으로 여러 곳을 옮겨 다니면서 살았다. 원주, 춘천, 영월, 정선, 홍천, 철원, 그리고 서울이 그가 살아온 배경이 된 곳들이다. 이렇게 많이 이사를 다니다 보면 힘이 들기도 하였겠지만 정작 시인에게는 많은 체험을 할 수 있는 좋은 기회가 될 수도 있었을 것이라 생각된다.

　영국 속담에 "자식을 잘 키우려면 여행을 많이 시켜라."라는 말이 있다. 그런 의미로 유추한다면 최현순 시인은 자연스레 많은 체험을 통하여 인생의 폭을 넓혔을 것이다. 그 인생은 곧 시적 소재가 되었을 것이다. 실제로 최 시인은 「사당동 일기」라는 제목의 시를 십여 편 탄생시켰다. 매우 인상적인 작품이다. '사당동'이란 공간적 배경을 통하여 정서적 모티브를 얻었을 것이다. 사당동은 그 단어 자체로 음상(音相)적 효과가 크다. 많은 시인들이 어떤 지명을 시로 써서 유명해진 시인들도 많다. 최현순 시인의 「사당동 일기」도 그렇게 회자되는 시가 되었으면 좋겠다.

　사람아,
　사람들아,

　한 순간
　날아왔다 사라지는
　철새 같은 사람들아!

가랑잎 서성이다

갈바람에 쓸려 가는

그 옛날

애인 같은 사람들아!

오늘도 나래 지쳐

동굴 속 두리번대며

너 하나 찾아보는

나 하나 찾아보는

—「사당동 일기 · 5 – 지하철4호선에서」 전문

「사당동 일기 · 5」는 단순한 듯하지만 실존적 철학에 접근해 있다. 시의 핵심이 '존재 찾기'의 방황이기 때문이다. 여기서 존재는 '실존적 존재'로서 '작자 자신'을 의미한다.

시인은 이 시에서 "너 하나 찾아보는/ 나 하나 찾아보는"으로 그 존재 찾기의 의미망을 암시하고 있다.

철학자들은 말한다. "실존은 스스로의 유한성과 부조리와 허무성에 직면해서 불안과 괴로움을 짊어지는 것과 아울러 그것을 초월하려는 성격을 지닌 것이다."라고. "유한한 존재란 불안한 존재, 허무한 존재, 죽음에 이르는 존재"라는 것이다. 위 시의 2연에서 최현순 시인은 인간의 유한성을 암시하고 있다.

"한 순간 날아왔다 사라지는 철새 같은 사람들아"라고 영탄적 돈호법을 써서 시적 심상을 상승시키고 있다.

키에르케고르(kierkegaard)는 우리 인간의 실존을 "천정에서 한 가닥의 거미줄을 타고 내려오는 거미가 땅 위에 아주 떨어지지도 않고 그렇다고 아주 천정에 오르지도 않은 채, 그저 허공에서 허우적거리는 가련하고 불안한 모습"에 비유했다는 유명한 말이 있다. 그러므로 이 시는 '인간의 실존'에 대해 많은 의미를 내포한 시다.

난봉 도져
봄밤 거닐다가

집에 와 보니

섶 위 누에처럼
한잠 들어 있는

아내여!
가랑잎으로 누워 있는 아내여!

—「사당동 일기·6 – 아내」 전문

「사당동 일기·5」의 공간적 배경이 '세상 한복판'이라면 「사

당동 일기·6」은 그 배경 공간이 '집안' 이다. 집안의 시적 대상
은 '아내' 이다. 이 시는 삼국유사에 전해오는 신라의 헌강왕 때
처용이 지었다는 「처용가」를 연상케 한다. 전반부에서의 음상
에서 오는 유사점이 그것이다. 그러나 내용상으로 볼 때, 처용
의 아내는 역신과 동침하는 이야기이지만 최현순 시인의 아내
는"섶 위 누에처럼 한잠 들어 있는// 가랑잎으로 누워 있는 아
내!"이다. "가랑잎 같은 아내!"를 바라보는 화자의 심정은 애
잔하고 애련하기만 하다. 곡진한 사랑의 시다. 좋은 시는 이렇
게 '사랑' 이나 '그리움' 이란 단어 하나 안 쓰고도 그 이미지를
형상화 하는 작품으로 탄생된다.

벚꽃 잎 하나 전철역에서 맴 돌다 소녀의 신발 코에 붙어 왔어
요 연분홍 꽃잎은 아직도 꽃샘 비바람에 떨고요 소녀의 동그란
콤팩트에 복숭아 뺨이 언뜻 눈에 어려요 버찌 열매 같은 눈동자
가 돌돌 구를 땐 내 눈 속에 쏘옥 넣고 싶어요 객차도 지루한 듯
몸을 뒤틀 때 기울어진 머리는 이내 동심원 안으로 딸려 들어갈
것 같아요 목 기울기를 더욱 기신대며 모르는 척 할금할금 곁눈질
을 해요 다소곳한 벚꽃 잎과 함께 거울 속으로 아주 들어가고 싶
어요 도림천역를 지날 때쯤 바람이 한 번 더 심술을 부리고요 꽃
잎들이 팝콘 튀듯 가분가분 차창에 와 부딪혀요 앞자리 애동 엄
마 품에서는 아기가 새근새근 자고 있고요 이대로 멈추지 말고
꽃가지 따라 북으로 북으로 올라갔으면 좋겠어요 소녀는 아직도

옆자리 앉아 있고요

— 「사당동 일기 · 7 – 봄꿈」 전문

「사당동 일기 · 7」은 다시 세상 풍경을 노래하고 있다. 전철 안에서 흔히 볼 수 있는 광경을 잔잔한 감동으로 그려낸 것이다. 군상들의 이미지다. 우리들 삶의 모습이다.

시는 언어로 쓰는 한 폭의 그림이라 한다. 이미지를 잘 살려낸 시는 이렇게 한 폭의 그림을 보는 듯 그 이미지가 감각적으로 다가온다.

4. 삶의 깊이에서 우러난 사유의 시

최현순 시인의 시상의 폭은 매우 넓고 다양하다. 그것은 최 시인이 삶에서 다양한 체험을 통하여 얻어낸 정서적 충돌의 소산이다. 시인은 이런 정서적 반응을 얻지 않고는 좋은 시를 쓸 수 없다. 모든 예술은 이런 정서적 충돌에서 비롯된다.

시인은 유년시절부터 청소년시절, 그리고 오늘에 이르기까지 감정이 매우 여리고 예민했던 것 같다. 감성지수(Emotional. Quotient)는 시인의 자질과도 비례된다.

그는 「큰누님」이란 시에서 그의 그런 감성을 잘 드러내고 있

다. 초등학교 2학년 때 담임선생님이 "일기를 참 잘 쓴다."고
칭찬한 말을 큰누님이 전해 주었던 것이 그가 오늘 시인이 되
었는지도 모르겠다고 고백한다.

그의 많은 시들은 이렇게 시공을 넘나들면서 의미망을 넓히
고 있다. 특히 시의 중량감을 느끼게 하는 시는 그의 시적 깊
이의 사유에서 비롯되었음을 발견하게 된다. 「책(冊)이 책(責)
하다」 「잔치국수라는 말에 대하여」 「황소와 자화상」 「진보
와 보수」 「낙타는 왜 눈물을 흘릴까」 「금동반가 사유상 앞에
서」 「문득」 등 일군의 작품이 그렇다. 지면 관계로 다 감상할
수 없으므로 몇 작품만 감상해 보자.

저승 가는 티켓팅에 길게 줄 서 있다가
삶이 번득이는 불꽃과 쇳소리에 깨질 때쯤
불화로 속으로 관이 들어가고
우리 일행이 제일 먼저 한 일은
서둘러 잔치국수를 먹는 일이었다
(중략)
망인은 불꽃으로 소신공양 올릴 때
산사람들은 쫄깃한 면발로 국수 공양을 한다
그래, 인연은 국숫발만큼도 길지 않은 것
슬픔에 겨워 국수 가락 목구멍에 걸렸다는 말
아직 못 들어 봤느니,

　　　　　　　―「잔치국수라는 말에 대하여」 부분

유품 정리하다
나온 작은 만보기

한쪽 구석에 밀어놨던
멈춰진 생애 8765

남긴 숫자 몇 발자국을
끝내 자식들 곁에
다가서지 못하신 채

만보 다 못 채우고
종종 걸음 깊은 숲길로
들어가 버리신 아버지

오늘 그 만보기 차고
벚꽃 길 걷다 돌아와 보니

거울 속 머리에 흰 꽃잎 하나
이승에 같이 따라 들어 왔네

　　　　　　　―「아버지의 만보기」 전문

큰 분노는 슬픔이다// 높고 뚜렷하고 참된 숨결* 은/ 한갓 고
상한 것// 물고기, 게딱지와 아이들/ 함께 실컷 먹고 놀고 / 벌거
벗고 자고 또 깨고// 삶은 외롭고 서글프다고/그러나 아름답다고
절규하는// 그는/ 황소처럼// 타는 노을은 기다림이다.

— 「황소와 자화상 · 1 -이중섭 그림을 보며」 전문

인생은 무엇이고 삶은 무엇일까? 철학자들이 말한 유한성일
까? 무한성일까? 물론 불경에서는 "있는 것은 곧 없는 것이고.
없는 것은 곧 있는 것이다."라고 정의한다. 현재 내가 존재하지
만 나는 없는 것이고, 없는 나는 곧 있는 것이다. 일원론이다.
위에 제시한 시들은 다분히 죽음과 삶을 대비적으로 관조하고
있다. 최현순의 이런 시들은 곧 인생이란 무엇인가? 라는 본질
적인 문제의식을 던지고 있다.

「황소와 자화상」 「책(冊)이 책(責)하다」 「낙타는 왜 눈물을
흘릴까」 등은 제목 그 자체로 자신을 되돌아보게 하는 관조적
자세의 노래이다. 그러나 위에 예시한 작품 「잔치국수라는 말
에 대하여」와 「아버지의 만보기」 등은 시인의 인생을 관조하
는 사유의 깊이가 가장 잘 드러난 작품으로 평가된다.

「잔치국수라는 말에 대하여」에서 시인은 "불화로 속으로 관
이 들어가고/ 우리 일행이 제일 먼저 한 일은/ 서둘러 잔치국수
를 먹는 일이었다."라고 표현한다. 죽음 앞에서도 우리들은 슬
픔, 애도 그 자체보다도 우선 먹는다는 욕망이 앞선다는 것이

다. 인간의 본질적 본능을 역설적으로 표현한 것이다. 이어서 화자는 "슬픔에 겨워 국수 가락 목구멍에 걸렸다는 말/ 아직 못 들어 봤느니,"라고 표현한다. 결국 이 시는 죽음보다 삶이 우선이라는 인간의 본능적, 본질적 문제의식에 접근하고 있다.

얼핏 뚜르게네프의 산문시 「배추 국물」이란 시가 연상되었다. "다챠나"라는 과부 여인이 스무 살 먹은 아들을 잃었다. 마을 안에서도 일 잘 하기로 유명했는데 죽고 말았다. 이 마을 지주의 부인이 불행한 소식을 듣고 장례식 날 찾아갔다. 다챠 나는 왼쪽 팔에는 죽은 아들이 축 늘어져 있은 채, 오른 손을 규칙적으로 놀려 새카맣게 탄 냄비에서 멀건 국물을 열심히 떠 먹고 있었다. 그 여인의 얼굴에는 침통한 빛이 떠돌고 눈은 빨 갛게 부어 있었다. 그렇지만 그의 모습은 매우 얌전했다. 위문 을 간 부인이 "아니! 이런 때에도 무엇이 목구멍으로 넘어가다 니---"소리친다.(트르게네프 산문시 이영철 역). 인간의 본능적 욕구는 어디까지일까? 암시하는 바가 크다.

「아버지의 만보기」역시 삶과 죽음의 문제를 다룬 시다. 아 버지가 돌아가시기 전에 '만 보(萬步)'를 걸으시려고 숫자를 설정해 놓았을 것이다. 그런데 그 '만 보'를 채우시지 못하고 "8765보"에서 뚝 멈췄다. 가슴이 아프다. 자식이 그 기기(機器) 를 보았을 때 얼마나 마음이 아팠을까! 아들은 그 아버지의 "만보기를 차고 벚꽃 길 걷다 돌아와 보니// 거울 속 머리에 흰 꽃잎 하나/ 이승에 같이 따라 들어 왔네"라고 탄식한다. "머리에 흰 꽃잎 하나/ 이승에 따라 들어 왔네"는 아버지의 환상으로 비유한 심미적 사유의 극치다. 저승으로 돌아가신 아버지와 이승에서 살고 있는 화자, 즉 나를 대비시켜 삶과 죽음의 경계를 미화시키고 있다. 삶의 본질적인 문제의식을 사유(思惟)한 좋은 시다.

5. 시인의 역할, 그리고 앙가주망(engagement)

최현순 시인의 작품 중에서 시사성을 띠고 있는 작품이 이목을 끈다. 어쩔 수 없이 우리 모두는 실존적 인간이기 때문이다. 현재를 살고 있는 우리의 배후와 배경은 모두 시의 소재가 될 수밖에 없다.

그러므로 문학은 곧 인생이고 인생은 곧 문학이라고 하지 않는가. 근래 우리 사회는 온통 '촛불'과 '태극기'로 양분된 채 소용돌이 치고 있다. 이런 현실 속에서 시인도 현실을 외면할 수는 없었던가 보다. 「진보와 보수」라는 시가 그것이다. 또한 「스크랩 시·1, 2, 3」을 통하여 우리의 사회상을 반영하고 있다. 이런 사회상을 고발하는 것이 어쩌면 시인의 사명일 수도 있다. 현재를 외면하기보다 언어라는 활자를 통하여 비판하고 참여하는 것이 곧 시의 힘, 펜의 힘이다. 그러나 우리 현 사회는 너무나 극악무도할 정도로 양극화로 치닫고 있어 펜의 힘도 무력해지기만 한다. 그래서 예술의 무용론이 등장하기도 한다. 그러나 우리는 써야 한다. 고발해야 한다. 역사의 한 페이지가 되어야 한다.

아들이 진보주의자가 쓴 책을 보라고 건네준다
내가 보수주의자라고 생각하기 때문일 거다
그렇잖아도 벼르고 있었는데 광장으로 나갔다
위쪽 가운데는 진보들이, 길 건너편엔 보수들이 있었다
마침 세월호 추모 분향소가 있어서 고개를 숙였다
열기가 식은 때라 한산 한 접수대에서 눈빛이 강한
한 사내가 힐끗 쳐다본다, 그는 나를 진보로 볼 거라고 생각했다
길을 건너 이번엔 보수들이 진을 치고 있는 연단 앞으로 갔다
이름난 보수주의자인 노老 논객이 열변을 토하기 시작한다
한 사내가 유인물을 준다 그는 나를 보수로 볼 거라고 생각했다
선글라스를 쓰고 광장에서 진보인 양 보수인 양 돌아다니다가
지하철을 탔다, 빈자리를 보며 왼쪽에 앉을까 오른쪽에 앉을까
망설이다 느낌이 좋은 아가씨 맞은편에 가서 앉았다
그녀가 입을 가리지 않고 하품을 한다 그녀가 진보일거라고 생
각했다
지하철에는 왜 의자가 일곱 갤까 잡생각에 젖다 보니 다 왔다
에스컬레이터를 타고 오르는데 건너 쪽은 수리를 하느라고 또
멈췄다
사람들이 한쪽으로만 몰려 타서 그렇단다

—「진보와 보수」 전문

이 시의 화자는 '나'다. '나'는 좌도 우도 아닌 중간에서 어정쩡하게 행동하고 있는 듯이 시를 전개시키고 있다. 그러나 이 시의 핵심 주제는 어느 쪽이든 한 쪽으로만 쏠리면 에스컬레이터가 고장 나듯 사고가 난다는 암시를 하고 있는 것이다. 행간에 숨겨진 이 의미가 백미다. "지하철에는 왜 의자가 일곱 갤까"라고 의문을 던진다. 짝수로 딱 여섯 개를 해 놓았다면 극단적 양극화를 의미하기 때문에 '일곱 개'란 것을 암시하고 있다. 화자가 진보 쪽에도 가보고 보수 쪽에도 가 보았다는 중도적 자세로 서술한 것도 그런 의미에서 출발했다고 보아야 한다. 양분화 된 세계보다는 합리적이고 융화적인 체제를 갈망하는 것이다. 이 갈망은 곧 평화와 안정을 추구하고자 하는 의미가 내포되어 있다. 깊은 사유의 시로 최현순 시인의 내면 의식이 잘 드러난 시다.

그리고 현실 참여 의식이 잘 드러난 시 「스크랩 시·2」를 한 편 더 감상해 보자.

65년 만에 두 딸과의 약속을 지켰다 최고령인 남측의 구상연
(98) 할아버지는 어느덧 백발의 할머니가 된 북측의 딸들에게 준
비해온 꽃신을 전달했다
헤어질 때 각각 6살, 3살 이던 북측의 딸 구송자 선옥씨는 어
느덧 71세와68세의 할머니가 돼 있었다 구 할아버지는 65년 전

헤어질 때 두 딸에게 "고추를 팔아 예쁜 꽃신을 사주겠다고" 약
속했다 하지만 갑자기 북한군에 징용되는 바람에 약속을 지키지
못했다 〈2015.10.25.일자. 모 신문〉

　꽃신, 꽃신, 꽃신, 꽃신, 꽃신…, 세상에서 가장 예쁜 말. 생을
다해 읊은… 세상에서 가장 아름다운 약속 세상에서 가장 젊은
아빠, 아흔여덟 구씨 할아버지!
　그대여, 그대는 그 누구를 위해 평생을 "꽃신"같은, 두 글자를
백지에든 모래톱이든 써 본 적이 있는가 자기 이름보다 더 많이
썼던 그 누군가의 사랑했던 사람의 이름을

* 구상연 할아버지는 딸들과 상봉 후 일 년 뒤 2016년 2월9일 99세로 돌아가셨다.

—「스크랩 시 · 2」 전문

　이와 같은 「스크랩 시」는 1980년 한 때 우리 시단에서도 전
위예술이니 민중예술이니 하여 즐겨 썼던 시인들이 있었다. 예
를 들면 동사무소 게시판에 게시한 예비군훈련 소집 공고문 내
용을 그대로 옮겨 놓는 형식의 시가 유행했던 적이 있다.
　여기 시인이 시도한 「스크랩 시」 역시 그런 형식의 일종이다.
6.25 때 헤어진 이산가족의 상봉 기사를 그대로 옮겨 놓은 것이
다. 물론 2연에서는 '꽃신'을 매개로 하여 시인의 정서를 노래
하고 있지만 일단 이런 참여시는 시사성이 강하다. 그리고 기
록물이 될 수 있는 장점도 있다. 그러나 순수예술 창작물이라

고 볼 수 있느냐?는 문제는 여전히 의문으로 남는다.

　아무튼 시 형태를 여러 가지로 모색해 보는 것도 시 구성의 한 방법이다. 그의 시 구성이 아주 특이한 것이 한 편 있다. 「의자가 있는 풍경」이 그것이다.

홀로
앉아
눈과
마음
바라
보이는
만큼의 거리에서 나를 바라보고
있는 너 상수리 숲 사이 내리는
흰 눈 희끗희끗 눈꽃송이 눈부처

함께	보는
뭉게	구름
염천	호우
아기	단풍
머언	서역
티벹	고목

— 「의자가 있는 풍경」 전문

이 시는 우선 시각적 효과를 극대화 하고 있다. 시어를 구조적으로 사용하여 하나의 '의자'로 짜(구성) 놓았다. 시의 내용역시 관념적인 언어보다 상징적인 언어를 사용하여 감각적 이미지를 잘 살렸다. 무엇보다 시상 전개에서 직관(intuition)을 통한 상상력이 돋보인다. "홀로 의자에 앉아/ 눈과 마음 바라보이는/ 만큼의 거리에서/ 나를 바라보고 있는 너/ 상수리 숲사이 내리는 흰 눈,/ 희끗희끗 눈꽃송이 눈부처// 함께 보는 뭉게구름, 염천, 호우, 아기, 단풍, 머언 서역, 티벳고목"으로 이뤄진 '의자'다. 그 의자에 홀로 앉아 나를 바라보고 너를 바라보는 '자성'의 세계에 몰입하게 한다. 모더니티 한 초월의 세계로독자를 흡입한다. 압권이다.

6. 시인의 지향점

D.H.로렌스는 글을 쓴다는 것은 "길 떠나기. 지평선 가르기.도주하기, 다른 삶으로 스며들기"라 하였다. 최현순 시인은 그동안 시적 체험을 누구보다도 많이 쌓은 시인이다.

그런 의미로 시인은 로렌스의 말 대로 이미 다른 삶으로 스며든 삶을 잘 살고 있는 것이다. 다른 삶이란 상상력을 통한창조의 세계를 뜻한다. 그리고 그의 시는 순수하면서도 진솔하고 시 세계의 내용이 다양하다. 편편의 시를 읽으면서 마치 동화책을 읽듯이 혹은 소설을 읽듯이 뒤페이지가 궁금하여 잘 넘겨진다.

그의 시는 형식 역시 특이한 시가 많다. 이승훈 시인은 한 권의 시집을 낼 때마다 '시 형식' 즉 폼(From)을 새롭게 짠다고 그의 저서 『현대시 작법』에서 밝히고 있다.

일찍이 T.S. Eliot는 "시는 내용과 형식의 등가물(等價物)"이라 정의했다. 최현순 시인의 시는 그 이론을 잘 받들고 있는 듯 대부분 시가 내용과 형식이 등가를 잘 이루고 있어서 읽는 이로 하여금 신뢰감을 갖게 한다. 탄탄한 내공을 쌓아온 시인으로 더욱 양양한 시와 시인의 길을 묵묵히 걸어갈 것이라 믿는다.

시와소금 시인선 059

아버지의 만보기

ⓒ최현순, 2017, printed in Seoul, Korea

1판 1쇄 발행 2017년 04월 15일

지은이 최현순
펴낸이 임세한
디자인 유재미 정지은
펴낸곳 시와소금

출판등록 2014년 1월 28일 제424호
발행처 강원 춘천시 충혼길20번길 4, 1층 (우24436)
편집실 서울시 중구 퇴계로50길 43-7 (우04618)
팩스 (033)251-1195 / 휴대폰 010-5211-1195
이메일 sisogum@hanmail.net

ISBN 979-11-86550-37-3 03810

계좌 국민은행 231401-04-145670
값 10,000원